CUENTOS PARA TODO EL AÑO

—¿Pavo para la Cena de Gracias?
—¡No, gracias!

Alma Flor Ada
Ilustraciones de Vivi Escrivá

ALFAGUARA
INFANTIL Y JUVENIL
SANTILLANA

Para Maikiko
a quien le gusta oír y crear cuentos.

–¿Pavo para la Cena de Gracias? – ¡No, gracias!

© 1999 Santillana USA Publishing Co., Inc.
2105 N.W. 86th Ave.
Miami, Fl 33122

Published in the United States of America
Printed in Colombia by Quebecor World Bogota

ISBN 10: 1-58105-180-8
ISBN 13: 978-1-58105-180-3

10 09 08   5 6 7 8 9 10 11 12 13 14 15

La mañana había amanecido preciosa. Después de muchos días de lluvia por primera vez salía el sol y el gallo lo recibió con un alegre kikirikí.

Todos en el gallinero, gallo, gallinas, pollitos, patos, gansos y pavo se afanaban buscando lombrices en la tierra húmeda. El que más lombrices encontraba y más rápido se las tragaba era el pavo.

Y tragando tragando lombrices, el pavo se fue acercando a la casa. La ventana de la cocina estaba abierta y oyó una voz que decía . . .

—Miren, miren al pavo, ¡qué gordo está!

—Va a estar delicioso para la cena del Día de Acción de Gracias.

—¿YO? —pensó el pavo— ¿delicioso YO? ¿Para la cena de Acción de Gracias?

—A mí me encanta el pavo —dijo entonces otra voz—. Sobre todo cuando está bien doradito.

—Ya sabes que quiero que me guardes un muslo.

—¿Le gusta el pavo? ¿Y cuando esté bien doradito . . . YO? ¿Qué le guarden un muslo, uno de MIS muslos?

El pavo se olvidó de cazar lombrices. Con la cresta gacha y la cabeza baja se quedó pensativo junto al gran nogal que crecía en medio del gallinero.

Llevaba allí un rato cuando le pareció escuchar una vocecita. Pero una vocecita tan finita, tan delgadita, que el pavo no estaba seguro si era de verdad una voz o sólo su imaginación.

—¿Qué te pasa? ¿Qué te pasa? —decía la vocecita—. ¿Por qué estás tan acongojado?

—Y tú, ¿quién eres que me hablas? —preguntó el pavo.

—¿No me ves? Estoy aquí arriba.

El pavo levantó la vista y vio una hermosa telaraña en la que brillaban todavía algunas gotitas de rocío y en el medio de la cual se encontraba una arañita.

—¿Por qué estás tan acongojado? —repitió la pregunta la arañita.

—¿Y cómo no estarlo? —dijo el pavo—. Si sólo supieras la conversación que he oído. Suficiente como para quitarle el apetito a cualquiera.

—¿Y qué conversación fue ésa? —preguntó la arañita—. ¿De qué hablaban?

—De mí. Nada menos que de mí. ¡Imagínate! Lo terrible es lo que decían. Que si estoy gordo. Que si qué bueno que estoy gordo. Que si les gusto bien doradito. Que si les guarden un muslo, uno de MIS muslos. Imagínate.

—Hummm . . . —dijo la arañita—. ¡Qué curioso! ¡Qué extraordinariamente curioso!

—¿Curioso? ¿Lo llamas curioso? Yo lo llamo horrible, abominable, espantoso, espantable, escandaloso, horripilante . . . eso lo llamo yo.

—¡Es que es tan interesante la coincidencia!

—¿Coincidencia? ¿Qué coincidencia?

—Pues resulta que tuve yo una bisabuela que me contaba que su tatarabuela había tenido como amigo un cerdito que tampoco quería que se lo comieran.

—Bueno, no me parece tan extraordinaria la coincidencia. Después de todo, ¿a quién puede gustarle que se lo coman?

—Es que la coincidencia está en que me contaba mi bisabuela que su tatarabuela logró salvarle la vida a su amigo, Wilbur.

—¿Logró salvarle la vida? A ver, ahora creo que quizá tu bisabuela sí tenía algo interesante que contar . . . ¿Y cómo se la salvó?

—Pues decía mi bisabuela que su tatarabuela, que se llamaba Charlotte, había pensado en un modo de lo más original de salvarle la vida a Wilbur . . .

—¿Un modo de lo más original? ¿Y qué modo fue aquél?

—Bueno, el problema es que aquello que la tatarabuela de mi bisabuela pudo hacer no lo sabría hacer yo. Porque la tatarabuela de mi bisabuela había ido a la escuela y . . . yo no.

—Bueno, ¿pero qué fue lo que hizo?

—Pues se le ocurrió nada menos que escribir en su telaraña palabras interesantes sobre Wilbur. Y cuando la gente leyó que Wilbur era radiante y un gran cerdo decidieron no comérselo.

Pero lo malo está en que, a diferencia de la tatarabuela de mi bisabuela, yo nunca fui a la escuela . . . y no sé escribir. Así que aunque quisiera escribir algo en mi telaraña no podría.

—Hummm . . . —dijo el pavo—. Ya me parecía que aquello de la coincidencia no iba a resolver ningún problema.

—Pues creo que te equivocas —dijo la arañita—. Porque, ¿sabes? tuve siempre una gran admiración por aquella tatarabuela de mi bisabuela, tanto que, aunque yo no haya ido a la escuela como ella, ya me las ingeniaré. Y ahora mejor será que me dejes pensar, que nosotras las arañas pensamos mejor mientras tejemos nuestra tela.

Y la arañita se puso a tejer, a tejer, a tejer. Y tejió toda la mañana y toda la tarde y aun por la noche, a la luz de la luna, seguía tejiendo y tejiendo, de tal manera que a la mañana siguiente aquella arañita pequeñísima había creado una telaraña inmensa.

El pavo en cambio, se la pasó suspira que suspirando el día entero y en la noche lanzaba unos suspiros tan profundos que no dejaba dormir a nadie, tanto que al final el gallo se mortificó muchísimo diciendo,
—Para de suspirar. Me estás desvelando. Y recuerda que tengo que madrugar para despertar al sol.

A la mañana siguiente el pavo regresó al nogal. No es que tuviera mucha confianza en que alguien tan pequeñín como la arañita aquella pudiera ayudarlo, pero al menos había sido la única que se había interesado por saber qué le pasaba.

—¡Hola! —la saludó con su voz triste y acongojada.

—¡Buenos días! —dijo la arañita—. ¿Ves que tenía yo razón? Te dije que tejiendo y tejiendo, nosotras las arañas logramos pensar. A medianoche mientras tejía a la luz de la luna he tenido una idea estupenda. Ya sé cómo vas a resolver tu problema.

—¿De veras? —preguntó el pavo sorprendidísimo.

—Pues sí —dijo la arañita—. Están felices porque estás gordo, ¿verdad?

—Sí . . . eso dicen.

—Pues ya sabes tú lo que tienes que hacer. Volverte flaco. Ponerte en línea. Entonces ya no tendrán ningún interés en comerte. Más aún, si haces bastante ejercicio conseguirás que esos muslos tuyos en lugar de tener carne blanda y apetecible, tengan músculos tan fuertes y duros que nadie querrá comérselos.

—¿De veras? ¿Así lo crees?

—Así lo creo. Ya te dije que aunque no hubiera ido a la escuela como la tatarabuela de mi bisabuela, te daría una solución a tu problema. Así que, ¡a hacer ejercicio! A saltar, a correr . . . a volar.

—¿A volar? —replicó el pavo sorprendido—. Nadie en mi familia ha volado desde hace generaciones y generaciones . . .

—Pues ya será hora de que te animes a hacerlo tú —dijo la arañita.

Y entonces empezó para el pavo una nueva vida.

Cada vez que traían comida al gallinero, el pavo se contentaba con picotear unos cuantos granos. Lo cierto es que ya no le apetecían las lombrices, porque después de todo cuando uno no tiene ganas de que se lo coman tampoco tiene ganas de comerse a otro.

Y así el pavo redujo lo que comía y hacía ejercicios mañana y tarde. Corría en círculos alrededor del gallinero. Saltaba de piedra en piedra.

Cada día se iba poniendo más en forma.

—Tenías razón —le dijo una mañana a la arañita—. Mis muslos ya no están tan blandos.

—Ni tan apetecibles . . . —respondió ella.

—Bueno, eso no tenías que mencionarlo —replicó el pavo un poco disgustado.

—Pues ahora te toca tratar de volar.

—¿De volar?

—Sí, de volar. Empecemos aquí, con la rama más baja del nogal. A ver, anímate.

El pavo se lanzó en una carrera veloz. Agitó las alas frenéticamente, pero sólo consiguió dar un salto alto.

—Ya ves —dijo la arañita—. Con constancia y esfuerzo todo se consigue. Cada vez vas a poder volar más . . . Y te aseguro que es parte de mi plan.

—¿De tu plan? Pero, ¿tu plan no era que yo bajara de peso?

—Bueno, ése era el principio del plan, pero no es todo . . . Tienes que continuar tratando. A ver, prueba otra vez.

El pavo volvió a tomar impulso. Batió las alas y dio un salto, esta vez más alto.

—Muy bien —dijo la arañita—. A ver, de nuevo.

El pavo una vez volvió a intentarlo. Y así durante la próxima semana, día tras día, lunes y martes, miércoles y jueves, viernes y sábado, el pavo ensayó y ensayó.

Tomando impulso, moviendo las alas y saltando cada vez más alto.

El domingo llovió todo el día. El lunes también. El martes desde su telaraña la arañita observó cómo en esa última semana de noviembre, en la casa había más movimiento que nunca.

Habían sacudido las alfombras. Habían descolgado y vuelto a colgar las cortinas. Habían decorado el portal con calabazas y mazorcas de maíz de vivos colores.

Habían llegado autos con familiares que venían desde lejos.

La arañita observaba todo esto desde su alta rama en el nogal, con gran interés y con gran atención.

—Creo —le dijo al pavo— que hoy debes hacer más ejercicio que nunca.

Y se dedicó a animarlo.

—A ver . . . diez vueltas alrededor del gallinero.

Y cuando el pavo las completó, sin dejarlo descansar, insistió:

—Y ahora diez saltos hasta la rama más baja.

Esa tarde, tal como la arañita se temía, salió el cocinero de la casa y se le veía muy dispuesto en busca de alguien.

—Ha llegado el momento para el cual te habías preparado —le dijo la arañita al pavo—. Creo que debes alistarte y correr. Y esta vez corre hasta la cerca y . . . acuérdate, no es más alta que la rama del nogal.

El pavo no había comprendido hasta entonces, de lo que se trataba.

De pronto oyó una voz que decía:

—¡Ajá! Allí está el pavo . . . Vamos a cogerlo que ya es hora de prepararlo para la cena.

Aquellas palabras fueron para el pavo las que anunciaban el principio de su carrera.

Se lanzó a toda velocidad y batió las alas con todas sus fuerzas.

Y, acordándose de que la cerca no era más alta que la rama del nogal, pegó un gran salto y se perdió en el bosque, donde hasta el día de hoy vive, manteniendo su dieta vegetariana y haciendo ejercicios todos los días.